衛斯理系列 少年版 09
藍血人

上

作者：衛斯理

文字整理：耿啟文

繪畫：余遠鍠

老少咸宜的新作

　　寫了幾十年的小說，從來沒想過讀者的年齡層，直到出版社提出可以有少年版，才猛然省起，讀者年齡不同，對文字的理解和接受能力，也有所不同，確然可以將少年作特定對象而寫作。然本人年邁力衰，且不是所長，就由出版社籌劃。經蘇惠良老總精心處理，少年版面世。讀畢，大是嘆服，豈止少年，直頭老少咸宜，舊文新生，妙不可言，樂為之序。

倪匡　2018.10.11　香港

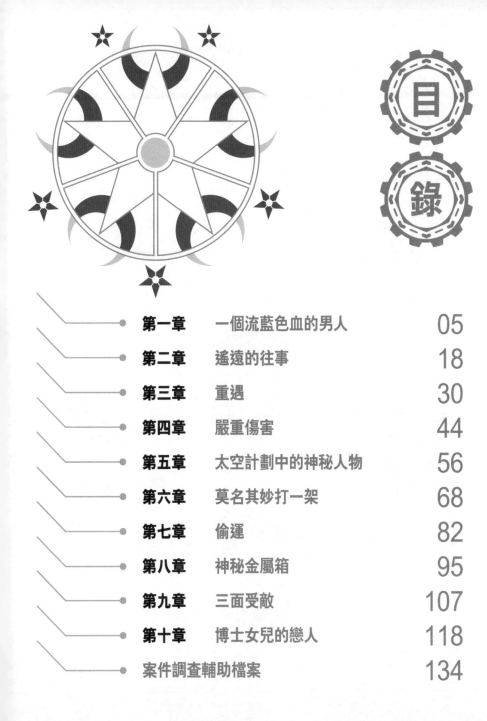

主要登場角色

草田芳子

方天

衛斯理

B國大使

納爾遜

小田原

第一章

一個流藍色血的男人

那年 *冬天*，我到北海道度假，在  滑雪場

附近的一家小旅店租了一個套房。我的行蹤十分秘密，根

本沒有人知道我是什麼人。

　　一連幾天，我不斷地滑雪，有時甚至故意在積雪上滾下

來，玩得**十分暢快**。到了第五天，是一個假期，滑雪

的人十分多，我特意前往一個十分 **陡峭的山坡**，經驗不足的人不敢在那裏滑下去，因此人比較少。

那是一個 **大晴天**，陽光耀目，人人都帶上了巨型的 **黑眼鏡**，我在那山坡上滑了下去，才滑到一半之際，突然聽到後面傳來一個女子的 **尖叫聲**。我連忙回頭看去，只見一個穿紅白相間絨線衫，戴着同色帽子的女孩子，正滾跌下來，**愈跌愈急**。

大家都只懂驚叫，卻不敢滑過去救人，因為山坡陡峭，那女孩子滾下來的勢子 **極急**，伸手去拉她的話，必定會被連帶着滾下去的。

但總不能 **見死不救**，於是我不顧危險，滑了過去。幸好那裏恰巧長着一棵小松樹，我便伸出左手抓緊那棵 **小松樹**，同時右手伸出了雪杖，大叫道：「抓住它 **！**」

那女孩子恰好在這時候滾了下來，她雙手一齊伸出，幸

而剛好能抓住我雪杖上的小輪，止住了跌勢，而那棵小松樹隨即彎了下來，發出「**格格**」的聲音，還好沒有斷。

我鬆了一口氣，用力一拉，將那女孩子拉了上來。只見她**驚恐**過度，面色蒼白，這時候，人們紛紛從四面八方聚過來，有一個中年人，一面過來，一面叫着：「**芳子！芳子！你怎麼啦？**」

我認得這個中年人，他是非常有名的*滑雪教練*，我不止一次在體育雜誌上看過他的照片。而我立即想到，給我救了的這位「芳子」，一定是被日本媒體稱為**最有前途的女滑雪選手**草田芳子了。

「幸虧這位先生拉住了我一把**！**」芳子對教練說。

我居然在滑雪場上救了草田芳子，心裏不禁有點**飄飄然**，這實在是一件值得炫耀的事，我連忙掏出**手機**想跟她合照。

但那教練 **粗魯** 地拉着草田芳子走，「快點走 **!** 這件事，不能給 新聞記者 知道，更不能讓人拍到照片。」

我 **尷尬地** 收起手機。芳子提起了滑雪板，回過頭來問我：「先生，你叫什麼名字，住在什麼地方 **?** 」

我一心來度假，不想 **節外生枝**，所以沒有將真姓名告訴她，只隨口說：「我叫籐三郎。」

「那麼你住在——」芳子還沒有問完，便已經被教練拉了開去。

她的教練當然是為了她好，因為一個「最有**前途**的滑雪女選手」居然自山坡上跌了下來，會被人引為**笑柄**，造成心理壓力。

我回到小旅店後，約了鄰室的一位日本住客下**圍棋**。他是很有名氣的日本外科醫生，已有六十上下年紀了，棋藝當然遠遠在我之上，正當我**絞盡腦汁**，力求不要輸得太難看的時候，忽然傳來店主籐夫人的聲音：「籐三郎**?**沒有這個人，我倒是姓籐的，芳子小姐，請你到別家去問問吧。」

接着便是芳子的聲音：「我都問過了，找不到。他年紀很輕，穿一件淺藍色的滑雪衣，身材結實，右手戴着一枚很大的 **紫水晶戒指**——」

　　芳子講到這裏，老醫生便盯着我手上的紫水晶戒指，然後*睥睨* 着我，「哼」了一聲罵道：「小伙子，欺騙了人家感情麼？」

　　他把我當成負情漢了，我忍不住「哈哈」大笑起來，可是才笑了兩聲，便聽到芳子驚喜的聲音說：「是他，就是他！」

籐夫人還在解釋：「他是從**中國** 來的遊客，芳子小姐，你不要弄錯。」

然而籐夫人的話還未講完，芳子已走進來，向我**深深地行禮**道：「籐先生，請原諒我。」

事情到了這地步，我也不得不站起來，告訴她，籐三郎並不是我的真名字，只是隨便**杜撰**的。芳子始終保持着**微笑**，沒有責怪我。

老醫生以棋子在棋盤上「**啪啪**」地敲着問：「究竟怎麼一回事？」

芳子將日間發生的事，向他説了一遍，然後**沮喪**道：「我想我不適宜再滑雪了。」

我連忙安慰她：「在雪坡上摔跤，是很平常的事，你不必放在心上啊！」

芳子脱了大衣，坐了下來，搖頭道：「不是因為這個，而是剛才我在滑雪時，眼前忽然產生了**幻象**，所以才

被嚇得跌下來的。我懷疑因為訓練過度，使我**精神出了毛病**。」

「芳子小姐，你究竟看到了什麼？」我問。

「我看到了一個男子，他的手背在樹枝上擦傷了，靠着樹旁在抹血。而**他的血⋯⋯他的血⋯⋯**」

芳子講到這裏，面色蒼白起來，我連忙追問：「他的血怎麼樣？」

「他的血，竟是藍色的！」

我立即笑道：「芳子小姐，那是你戴了滑雪鏡的緣故。」

芳子搖頭道：「不！不！我特意除下滑雪鏡去確認，很清楚看到他的血是藍色的，他的皮膚很白，白到**難以形容**的地步。」

芳子講到這裏，我不禁驚訝地問：「你說他的皮膚**十分白**，是否白中帶着**青色**，看了令人十分**不舒服**的

那種顏色？」

　　芳子吃了一驚，「難道你也見過這個人？那麼，我見到的，不是**幻象**？」

　　我閉上眼睛兩秒鐘，將一件**十分遙遠**的往事記憶了一下，然後睜開眼睛說：「你先說下去。」

　　芳子點點頭，繼續敘述：「我指着他說：『先生，你的血──』他抬起頭來，望了我一眼，我只感到一陣**目眩**，便向下跌去了。若不是你救了我，恐怕我已經──」

　　「那是小事，**何足掛齒**。」我接着追問：「那人後來怎麼樣？」

　　「我被扶住之後，第一件事便是抬頭望過去，但那個人竟然不見了**！**」

　　芳子講到這裏，籐夫人**關懷**地握住她的手，老醫生則打了一個**呵欠**道：「草田小姐，你可要我介紹一個醫生給你？」

草田芳子雙手掩着臉，**哭了起來**，「對，我精神出毛病了，**我不能再參加滑雪比賽！**」

我穿上了一件厚大衣，說：「草田小姐，你住在什麼地方？我送你回去，還有些話要和你說。」

芳子漸漸地收住了**哭聲**，也站了起來，穿上大衣，跟我一起出門。

外面正下着 大雪 ，我和她並肩走着，她好奇地問：「你不是有話要和我說嗎？」

我深吸一口氣，說：「草田小姐，你千萬不要為今天的事而難過，我可以肯定的告訴你，你今天看到的那個人，是真的，不是幻覺。你的滑雪前途，並未受到任何影響！」

芳子 驚訝 地望着我，「你如何那樣肯定？」

我在心中 嘆了一口氣 ，撒了一個謊：「在我剛才扶住你的一刹那，我也看到了那個人，他迅速地向下滑去。」

我是為了安撫她的情緒，才不得已講了這樣一個 謊話 。

「我到了。」她在一家旅館門口站住。

我訝異地問：「你是住在旅館嗎？自己一個人？」

她點點頭，「對！」

我緊張地說：「草田小姐，我有幾句話要對你說，請你不要問為什麼，只要答應照着我的話去做。」

芳子以**十分奇怪**的目光望着我。

我說：「你回到房間裏，可以播一些旋律輕鬆的音樂♪，保持愉快的心情，什麼都不要想，盡快入睡。你可做得到麼？」

　　草田芳子笑道：「哈哈，你把我當成小孩嗎？好吧，我照你的話去做。明日再見！」

　　我也揮着手説：「明日再見！」

　　目送她進入旅館後，我也返回籐夫人的小旅店去。沿途十分僻靜，雪愈下愈大，我心裏仍在擔心着芳子，因為她正處於極度危險的處境中，只是她自己並不知道。

第二章

遙遠的往事

　　草田芳子見到的 *那個人*，我確實是見過的。

　　那是我剛進大學時的事了。我的宿舍寢室裏共有四個

人，其中一個名字叫方天，他 **性情** 沉默 ，皮膚蒼白而

略帶青色，十分**孤獨**，經常仰頭望着天空，口中總哼着一首旋律非常怪異的小調。我曾問他那是什麼地方的民謠，他告訴我，那是*很遠很遠*的一個地方的小調。

不受他人歡迎的方天，數理科目的成績卻是**全校第一**，我們莫不震驚於他的聰明。

下半學期的某一天，那是個**酷熱**的下午，只有我一個人在寢室中，其中一位室友林偉突然**面青唇白**地跑進來，手中仍握着網球拍。

他一進來，便喘着氣說：「我⋯⋯剛才和方天在打網球。」

我撥着扇子，笑問：「怎麼了？別告訴我，他打球時利用 力 學 方 程 式 把你擊敗了？」

林偉冷對我的 幽默感 ，仍然喘着氣說：「方天跌了一跤，跌破了膝頭，他流出來的血……他的血……」

他講到這裏，流露出非常 惶恐 的神情，說不下去。

我感到 不妙 ，緊張地問：「他受傷很嚴重嗎 ？ 我去看看 ！」

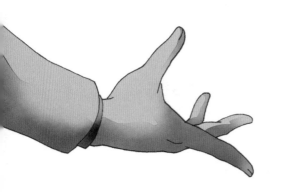

我立刻從床上跳起，直奔往 **網球場**。

還未到達網球場，我已碰上方天了。他膝頭紮着一條手巾，迎面而來，我緊張地問：「你跌傷了嗎？要不要我陪你到 **醫療室**去**？**」

方天突然一呆，「你怎麼知道的？」

「是林偉説的。」我如實回答。

方天冰冷的手忽然緊張地握住我的手臂，着急地問：**「他説了些什麼？」**

「沒有什麼，就説你 **跌了一跤。**」

方天的舉止十分奇怪，嘆了一口氣説：「林偉是個好人，只不過太 **不幸** 了。」

我 **怔** 了 **一怔**，問：「不幸？那是什麼意思？」

方天又搖了搖頭，沒有再講下去。

我們向宿舍走去，到了寢室門口，我一推開房門，就被眼前的情景嚇了一大跳，因為我看見林偉正在**瘋狂**地吞吃 **藥丸** ！

他把房間裏能找到的藥丸都吞進肚裏，有安眠藥、感冒藥、止痛藥，甚至是外塗的藥油也灌進肚裏去。

我馬上意識到，林偉是在自殺！

「**林偉，你幹什麼？**」我驚叫起來。

方天站在我的背後，一直喃喃地說：「他……他是個好人。」

我慌忙衝進房裏，把林偉手上的藥打掉在地上，然後大聲向外喊：「**來人啊！叫救護車！**」

不到幾分鐘，救護員便趕到把林偉送去醫院，成功搶救過來。

學校中對於林偉自殺一事，生出了許多**傳聞**，有的說宿舍有鬼，有的說林偉暗戀某女生不遂。而林偉傷癒

之後，也沒有再來上學，從此失去聯絡。

半年之後，寒假絕大部分同學都回家了，宿舍很冷清，我和方天都沒有回家的意思，便天天在校園裏＊溜冰＊。

有一天，我們如常一起溜着冰。突然間，前面的方天身體一傾，接着「啪」的一聲，他右足冰鞋的刀子斷掉，斷下的一截彈飛起來，打在他的大腿上。

我連忙滑過去，看見他右手按在大腿傷口處，指縫之間有血湧出，而那些血竟然是藍色的！

我當場呆住，立刻想起半年前那件事來。

半年前方天打網球受傷，林偉奔回宿舍，結結巴巴地對我説：「他的血……他的血……」

當時我不明白他想説什麼，但現在我明白了！

林偉一定是看到方天的血竟是藍色，所以才大吃一驚，跑回宿舍來。可是他又覺得實在太荒謬了，所以難

24

以說出口！

　　我呆了一呆，失聲道：「方天，你的血——」

　　方天抬頭望向我，我突然覺得 **一陣目眩**，身子站不穩，也跌倒在冰上。

　　當我再站起來的時候，方天已不在冰場上了，冰面上也沒有血迹。我沒有興致繼續滑冰，便回宿舍去。

回到寢室，我發現方天的物品和隨身行李都**不見了**。

我在床沿坐了下來，將剛才所見，又想了一遍。

我覺得自己不會眼花，然而，人竟有**藍色的血**，這豈不是太不可思議了嗎？而且剛受了傷的方天，為什麼會突然把所有東西帶走？

我忽然感到很**困惑**和**苦惱**，望着窗戶，竟萌生起不如跳出去放鬆一下的念頭。

望向天花板上的吊扇，我想到可以在那裏上吊，忘卻一切煩惱。

看到地上的溜冰鞋時，我又有股衝動想用鞋底上的冰刀傷害自己，看看自己流出來的血是什麼**顏色**。

我彷彿被催眠了一樣，幾乎每看到一件東西，都會想到用它來了結自己的生命。

當我拾起冰鞋，正想用冰刀傷害自己之際，突然有人

在門外叫道：「**衛斯理，你在幹什麼？**」

我身體一震，猶如從**噩夢**裏**驚醒**一樣，連忙把溜冰鞋丟到地上。

剛才叫我的是三個女同學，她們衝了進來，拉着我說：「衛斯理，去教我們滑冰！」

我實在十分**感激**她們，因為是她們救了我的性命。

但我沒有和她們説起過，也沒有告訴過任何人，因為這是一件説了也沒有人會相信的事。

從那天之後，方天沒有再來上課，不知道他到什麼地方去了。

後來，我也漸漸將這件事 淡忘 了，但草田芳子的遭遇，又勾起了我這段記憶。

我獨自一個人返回籐夫人的旅店途中，迎着 飛揚 的 大雪 ，不禁又將那件往事的每一個細節，都詳細地回想一遍。

　　我真希望草田芳子今天見到的那個人並非方天，希望她不會有我和林偉那樣的異常反應；但願我所擔心的一切，全是**杞人憂天**。

　　我低着頭，繼續向前走，將要到達籐夫人的旅店之際，遠處突然響起「**嗚嗚**」的警車聲，劃破了靜寂的寒夜。

　　我的心狂跳起來，心中**不由自主**地叫道：「不！不是芳子！不是她出了事！」

　　我立即轉過身，朝着芳子下榻的旅館**狂奔**！

第三章

重遇

我只花了**十分鐘**的時間，跑到草田芳子所住的旅館前，只見那裏停着救護車和警車，一大群人正在**圍觀**。

一副擔架從旅館抬出來，我一看到跟在擔架旁邊的那個滑雪教練，我的血便**凝住**了！

同時，我聽到兩個警官在**交談**。一個說：「她竟以絲襪上吊！」

另一個道：「幸好發現得早。」

我呆若木雞，不問可知，躺在擔架上的，正是草田芳子了！

聽來她自殺沒成功，我才鬆了一口氣。這使我確切地相信，見到那藍色的血液，人便會生起自殺的念頭，這事情實在太怪異了！

救護車立即將芳子送院救治，無數記者追着去採訪，而人群亦漸漸散去了。

我沒法弄明白，何以一個人會有藍色的血液，而見到藍血的人，都會生出自殺的念頭？

我腦中一片混沌，打算回到籐夫人的旅店先喝一杯熱茶，再到醫院探望芳子。

路上靜到了極點，雪仍未止，我忽然感到一股莫名？

其**妙?**的**恐懼**，就像暗地裏有着許多頭餓狼，在窺伺着我一樣！

我深吸一口氣，繼續步行回旅店，當我經過一個巷口時，我看到橫巷裏的**街燈柱**下，站着一個人。那人站在那裏，**一動也不動**，大衣的領子翻得很高，頭上戴着呢帽，肩上積了很厚的雪，顯然他在那裏已站了很久。

我沒理會他，繼續向前走，可是當走過巷口的一瞬間，我腦中一震，感到有人在叫我：**衛斯理！**
但事實上，我的耳朵沒有聽到任何聲音，四周是那樣的**寂靜**，而我卻感到有人在叫我！

我站定了腳步，轉過身去。這時，那人也恰好轉過身來，抬頭望向我。我看清他帽子下的臉，那臉色蒼白得異樣，泛着青色，**叫人心寒**。

這個人我是認識的，他就是方天！

我和他都呆了一呆，他先開口：「衛斯理，是你，**真的是你……你沒有……**」

他**遲疑**着，沒有講下去。

我便接上説：「對！我沒有死！」

方天低下頭，喃喃地道：「衛斯理，你是一個好人，我一直十分**懷念**你，你是一個好人……」

在他那樣呢喃着之際，我的心中，突然又興起了「死」

和「自殺」的念頭來，我心頭

怦怦亂跳，這比任何謀殺還要

恐怖！

　　我深信這一定和**催眠**

術^{z z}有關，只要我有更強

的精神狀態，意志堅定，就

能堅決不被催眠。

　　於是，我立即竭力地**鎮定**

心神，排除心中所興起的那種

念頭。我和方天兩人，足足對峙了

六七分鐘之久，我感到腦中自殺的意念

愈來愈薄弱，知道自己已經佔了**上風**。

　　方天嘆了一口氣，突然轉身逃跑。

「**站住！站住！**」我一面叫，一面追了上去。

我憑着深厚的 **中國** ⭐ **武術** 根底，三步併作兩步，很快便將他追上。

他站定了身子，我沉聲喝問：「方天你究竟是什麼人？」

只見他的神情既 **沮喪** 又 **驚恐**，喘着氣説：「衛斯理，你贏了，我可能會死在你的手中，永遠也回不了家，但是你不要逼我，不要逼我用 **武器**……」

他説什麼「回不了家」，使我丈二金剛摸不着頭腦。可是當他説到「武器」時，他果然拿出了一個 **銀光閃閃** 的盒子，上面有着 **蝸牛觸角** 似的兩根金屬管。

我從未見過這樣的「武器」，立即問：「這是什麼**？**」

方天説：「你不會明白的，但是，你也不要逼我用它。

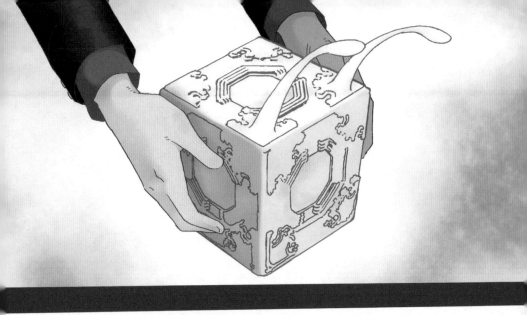

我絕不想害人，**我只想回家！**」他愈說愈激動，膚色也更發青，我大感莫名其妙，「誰不讓你回家了**？**」

他抬起頭來，向天上看了一眼，又立即低下頭來說：

「**我求求你**，只當沒見過我這個人，從來也沒有見過，不但不要對人說起，而且自己連想也不要想，可以麼？」

他的眼角竟然*流下淚來*。

「好，我只問你一件事。」我問道：「林偉、我和草田芳子，都曾經看到你流着藍色的血，而我們都有過自殺的念頭，你能告訴我那是為什麼嗎**？**」

我的話未曾講完，方天已經全身**發起抖來**，他的手指在那銀盒上按了一按，響起極輕微的「吱」一聲。

接着，我眼前突然閃起了一片**灼熱的光芒**，是那樣地亮，那樣地灼熱，令我在不到十分之一秒鐘的時間內失去了知覺，倒在雪地上。

在我失去知覺前的一瞬間，我似乎還聽得方天在叫道：「**不要逼我——**」

當我恢復意識的時候，只感到全身**刺痛**，像是有千百塊燒紅了的炭，在**炙烙**着我的每一寸皮膚。

我竭力轉動着**眼珠**，向自己的身體望去。我簡

直不敢相信自己的眼睛，因為我猶如一具木乃伊般，全身裹滿了白紗布！

我拚命想要挪動我的身體，但是卻做不到，我只好再轉動眼珠，我又發現，有兩根膠管，插在我的鼻孔之中。看來我的確是**受重傷了**，因為，連我的面部，都是那種白紗布。

這時候，我聽到有人說：「如果他恢復了知覺，他會感到**劇痛**的，我們將為他注射鎮靜劑，減輕他的痛苦。」

我心中大叫：「我已經有知覺了，快給我**止痛**吧！」但是我卻出不了聲。

接着又有人說：「如果他能活過來，那是兩件**湊巧**的事，救了他的性命。第一，是那場大雪；第二，是這裏新建成的真空手術室。」

「對。」另一人贊同，「雖然不知道他是怎樣受傷的，但我們可以肯定，那是類似輻射光的灼傷。他倒地之後，大雪仍在下着，將他的身子埋在雪中，對他的傷口起了**安撫**作用，要不然，他早已死了！」

隨即又有人加入討論：「而且，若不是在真空的狀態下處理他的傷口，那麼他的傷口至少要受到七八種細菌**感染**，那就麻煩了。」

我心中**苦笑**着，不想再聽他們討論我的**運氣**，只希望他們發現我已經醒了過來，快為我止痛！

我想叫，然而卻叫不出來，想動，也不能動，我緊緊地咬着**牙關**，試圖睜開眼睛來。

我勉強地將眼皮**撐開**，首先看到一個人正揮舞着雙

手講話，他正是那個和我下棋的老醫生。而他和周圍的人都穿着白衣服。我馬上明白到，這裏是醫院，**我在醫院中！**

我說不出聲，又動不了，只能盡量把眼睛睜**大**，雖然圍住我的人有七八個之多，可是卻沒有一個人發現我已經睜大了眼睛。

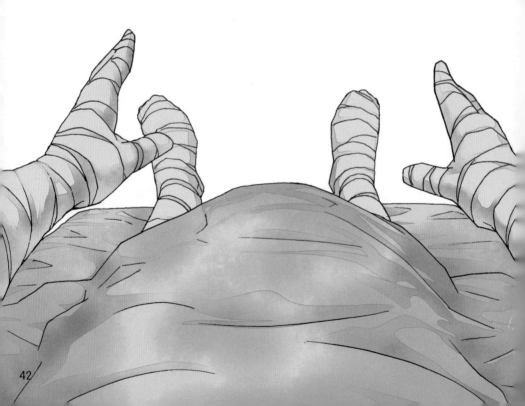

　　不知過了多久，才聽到一名護士喊叫了一聲：「**天啊，他睜着眼！**」

　　我感動得幾乎流淚，心裏説：「不錯，我是睜着眼！」

　　不知過了多久，才聽到一名護士喊叫了一聲：「**天啊，他睜着眼！**」

　　我**感動**得幾乎流淚，心裏説：「不錯，我是睜着眼！」

第四章

嚴重傷害

感謝那護士的 \\喊叫聲//，我醒來這事總算被發現了，圍在我身邊的人又忙碌起來。我被打了幾針，沉沉地睡了過去。等我再醒過來的時候，只見室內的光線，十分柔和。

我發覺口部的白紗布，已被剪開了一個洞，使我可以發出微弱的聲音。

這時候，一張嚴肅的臉向我湊過來問：「你能講話了嗎？」

　　我用力地掀動着嘴唇，抖了好一會，才講出一個字來：「能。」

　　那人鬆了一口氣，「你 **神志清醒** 了。你的傷勢，也被控制了。你放心，這裏是東京，有最好的醫療設備。」

　　原來我已被送到東京了，只見那醫生嘆了一口氣，眼中流露出 **同情** 的神色説：「性命是沒有問題了，只不過……」

　　「皮膚受了損傷是不是？」我問。

　　那醫生苦笑了一下，「你放心，我們會為你進行 **植皮手術** 的……」

　　我閉上了眼睛，我已經明白他的意思了，我是被一種極強烈的 **輻射光** 所灼傷的，情況就如被燒傷燙傷一樣，我皮膚的損壞，一定是十分嚴重了。

我睜開眼來，說：「我要求見主任醫生。」

那醫生說：「佐佐木博士吩咐過的，你再醒來的時候，便派人去通知他，他就要來了。」

佐佐木博士，就是在北海道籐夫人店中和我下棋的老醫生，他是日本十分有名的**外科醫生**。

我又閉上眼睛養神，沒有多久，便聽到**沉重的腳步聲**，傳了過來。

佐佐木博士走在前面，後面跟着幾個中年人，看來是醫學界的**權威人物**。

他們來到我的牀前，佐佐木博士用心地翻閱着資料，然後才說：「好，你能說話了，你是怎樣受傷的？」

我據實回答，道：「有**一道強光**，向我射來，在不到十分之一秒的時間內，我就昏了過去！」

「**輻射線** ——」佐佐木博士一如以往般冷靜，「你可知道你身上將留下難看的**疤痕**？」

我立即說：「博士，我想提出一個你聽來可能不合理的建議，我想用中國一種土製的傷藥，來敷我的全身，那樣，任何傷口，都不會留下疤痕。」

佐佐木很有權威地說：「你雖然脫離了**危險期**，

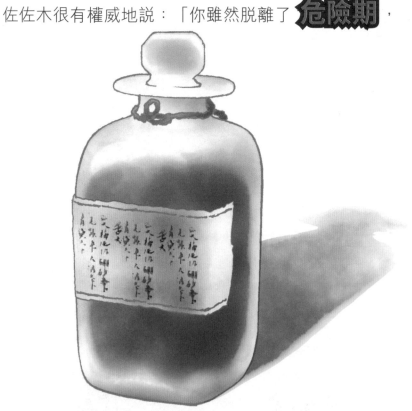

但傷勢隨時可以惡化，我要對你的性命負責，所以絕不能聽你的鬼話。」

我嘗試說服他，告訴他這種傷藥的成分非常**複雜**，乃是中國傷藥中最**傑出**的一種，根本是買不到的，只不過我有一個朋友，還藏有一盒，任何傷口痊癒了之後，都絕無疤痕。

但是，不論我說什麼，佐佐木都只是搖頭，我說得**氣喘如牛**，他也不答應。

我嘆了一口氣，佐佐木博士和其他幾個醫生商量了一會，又走了出去。

病房中除了我之外，只有一個護士。那護士的年紀很輕，生得十分**秀麗**。我低聲叫了她一下，她立即轉過頭來，以同情的眼光望着我。

她俯下身來，以十分**柔和**的聲音問：「你要什麼？」

我低聲說：「我的手機在哪裏？」

那護士哭笑不得，「傷成這樣還要玩手機？」

「你可以幫我發個信息🎤嗎？」

「好吧。」護士答應了，把我的手機拿了過來。

我指示她向我一位朋友發短訊，叫對方速派人送九蛇膏來這醫院給我。

信息發送後，護士又好奇地問：「九蛇膏是什麼東西？」

我立即沉聲道：「九蛇膏是我們**中國人特製的傷藥**，就是剛才我向佐佐木博士提起的那種。」

護士很聰明，立即說：「你想自己使用這種膏藥？」

我看出她心裏不贊成我的做法，於是以**懇求**的**眼光**👁對她說：「姑娘，九蛇膏是絕對有效的，世上僅存最後一瓶。如果你是我，你會怎麼做？」

從外表看，我便知道這個護士是愛美之人，讓她**設身**

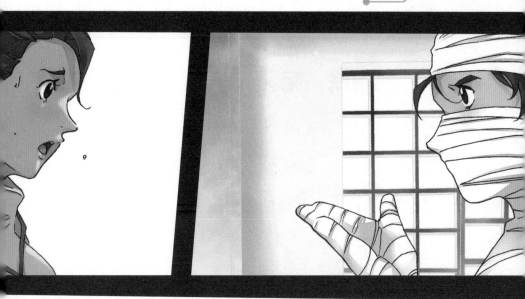

*處地*去想，如果她全身將要留疤痕的話，她會放棄消除疤痕的機會嗎？

她想了一想，露出同情的眼神説：「好吧，我為你去做！」

兩天後，九蛇膏便到了我的手上，在那護士的幫助下，我得以將九蛇膏敷在全身。到了**第七天**，當着佐佐木博士面，拆開了紗布，我全身的皮膚，像根本未曾受

過傷一樣。

博士 👁目瞪口呆，不得不承認那是奇蹟，我仍然十分感謝他的治療，離開了醫院，找一家酒店住下來。

沒想到第二天，便有人 叩門 找我。

「是誰？」我緊張地問，擔心會不會是方天知道我未死，前來追殺我。

「是我！」

對方一說話，我便認出他是 **國際警察部隊** 的高級首長，納爾遜！

我開門讓他進來，他向我問候道：「聽說你受了重傷，是和什麼人交手來？

我嘆了一口氣，「 **一言難盡。** 」

納爾遜在他的衣袋中，取出一份金色封面的證件來，**鄭而重之** 放在我的手中，「七十一個國家最高警察

首長的簽名，這是世界上第十份這樣的證件，能證明你的

行動，無論在什麼情形下，都是對社會治安**有利**的！」

　　這是我向納爾遜要求的證件，他果然替我辦到了，我

興奮地接了過來，緊緊地握住了他的手說：「**謝謝你！**

謝謝你！」

納爾遜仰在椅背上，半躺半坐說：「你別高興得太早，大部分國家都簽署了，卻欠缺西方最重要的一個國家。」

我連忙問：「是A國嗎？」

為免惹麻煩，根據我以往的慣例，都用代號來稱呼，所以在文中，我稱之為「**A國**」好了。

我感到很**沮喪**，若是沒有A國警察首長的簽名，這份證件的作用，至少打了一個七折。

「他們不肯簽嗎？」我問。

「不是不肯，而是他們提出了**條件**，想委託你辦一件事。」

「什麼事**?**快說**!**」我很着急。

「A國正籌劃一項未為人所知的**太空發展計劃**，當中有一名科學家貢獻良多，幾乎是這項計劃的舵手，他的名字叫海文‧方。」

納爾遜口中的「海文」，乃是英文

「HEAVEN」的譯音，英文有

天空 的意思，再加上他的

姓氏，使我立即 聯想

到一個人——方天！

55

第五章

太空計劃中的神秘人物

納爾遜看到我**神色有異**，立即問：「怎麼了，你認識這個人？」

我吸了一口氣，「你且説下去。」

納爾遜繼續説：「這個海文・方，是一個奇才，但來歷卻十分**可疑**，如今A國要求你做的，就是設法弄清楚他是怎樣的一個人！」

「A國為什麼覺得他**可疑**，我可以知道嗎？」我問。

「可以的。這項太空計劃，已經建造了一艘巨大的

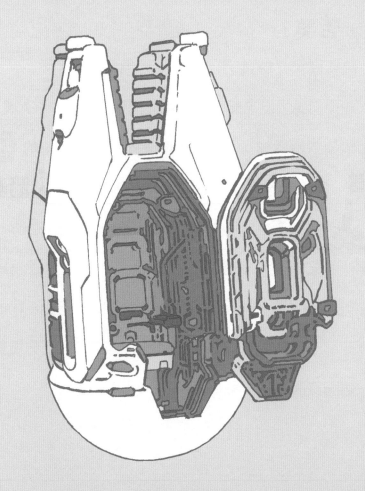

太空船，準備升空。那是一艘無人太空船，可

是，Ａ國卻發現海文・方在這太空船上，偷偷加設了一個小

小的太空艙，可以讓他容身於艙中，而不為人所覺。」納

爾遜自口袋中取出一張 相片 ，「就是他。」

我接過相片一看，不出我所料，那正是方天！

我 苦笑 了一下說：「這個人如今在日本。」

爾遜睜大了眼睛，「你怎麼知道的？」

我沒回答，反而問他：「你先說他為什麼不在A國。」

納爾遜解釋道：「A國發現了他在太空船中的 秘密

勾當 ，便故意給了他一個假期，將他支開那 火箭基地

，集中了科學家，詳細檢查那艘太空船。結果

發現他並沒有破壞太空船，相反地，太空船上還添加了不

少有利於 遠程 航行 的裝置，這的確是莫名其妙的事，

他為什麼不將這些行動公開呢？所以，A國懷疑他可能是替

另一個國家服務的。」

講到這裏，突然響起一陣**急驟**的敲門聲，不等我們

答應，門已被撞了開來。衝進來的是一位日本高級警官，

和一個歐洲人。那歐洲人一進來便向納爾遜說：「**他失**

蹤了！」

　　納爾遜從躺椅上直跳了起來，「失蹤了❓你們是在幹什麼的？他是怎麼失蹤的？」

　　那位日本警官說：「我看可能是被擄走。」

　　納爾遜呆了一呆，「**被擄？**」

　　日本警官點頭，「是政治性的*綁票*。我們跟蹤的人報告說，他今天早上在羽田機場曾被四個 **B國領事館** 的人員所包圍，但是他卻巧妙地擺脫了他們的 *糾纏*。而當他離開了羽田機場之後，又有許多人跟蹤着他。」

　　由於又牽涉到另一大國，這裏我只好用「**B國**」作為代號。

　　那警官繼續說：「追蹤他的，有他本國的保安人員、我們日本警方、國際警方，還有一方面，便是B國大使館的人員，而結果──」

他面上紅了一紅，「我們相繼失去了他的行蹤，所以我們懷疑他可能被B國大使館的人員擄去。」

納爾遜急得團團亂轉。

那日本警官補充道：「我們已通知了東京所有的機場、火車站、大小通道，留意着這樣的一個人，即使是大使館的車輛，也不可錯過。」

「如果他被B國大使館綁架了，那他一定還在大使館內。」我說着向納爾遜使了一個眼色。

納爾遜和我合作已不止一次了，他立即會意，向那兩人說：「你們繼續用一切可能的方法，去找出海文·方的下落吧！」

那歐洲人和日本警官一起答應着退了出去。

我等他們兩人走了之後，才低聲説：「最**有效**的方法，就是去看看方天是不是在B國大使館內。」

納爾遜望了我半晌，才説：「好吧，你要小心些，千萬不能暴露你的身分**！**」

我笑道：「你放心，如果我被捉住了，那我就是一個普通的**小偷**，大使館方面一定會將我交給當地警局的。」

「*那祝你好運！*」納爾遜説完便匆匆地走了，他要趕着回去作部署，以防範B國特工人員將方天運出日本去。

偷偷摸摸的事，當然要等到夜間進行。午飯後，我在市區隨處亂逛，腦袋裏卻思考着晚上行動的細節。

到了下午兩時，我發現一個人在跟蹤我。我便跟對方玩玩，在最繁忙的街道裏**穿梭**，進出各大小**購物**商場，輕易就令他跟丟了。

　　我在商場的廁所裏，把大衣反過來穿，那大衣是特製的，兩面可穿，顏色不同。接着我又從袋中摸出一頂便帽，戴在頭上，並取出一個 **人皮面具**，罩在面上。

我在外表上看來，已完全是兩個人了。我快步走到街上，看到剛才跟蹤我的男人。他失去我的蹤影後，正 **垂頭喪** 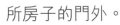 **氣** 地轉身離去，我便反過來跟蹤他。我要弄清楚，到底是誰派人跟蹤我！

那人一直走，愈走愈是 *僻靜* 的地方，我也愈來愈不方便跟蹤他了。

他轉入了一條小巷，我也慢慢跟着進去，看見巷子裏只有兩個鞋匠，正低着頭，坐在一所房子的門外。

　　我不能露出馬腳，於是**淡定**地向前走，當經過那兩個鞋匠時，其中一個問道：「先生，釘鞋嗎**？**」

　　另一個鞋匠望着我的鞋説：「先生，你的鞋跟有點偏了，要換一個麼**？**」

　　「不用了。」我説完**不禁怔住**，想起自己喬裝時沒有換鞋子，如果對方特別注意鞋子的話，或會認出我的身分。而且，在這樣僻靜的巷子裏，怎麼會有兩個鞋匠在擺攤？

　　我只好裝作**若無其事**地繼續向前走，怎料背後突然有動靜，我馬上意識到有人想從背後**襲擊**我。

　　我連忙手臂一縮，一肘向後撞去，背後的人立即「哎唷」地**呻吟**了一下。

　　可是我卻忘記了他們有兩個人，一時鬆懈下來，我的**後腦**就被重重地打擊了一下。

用來打我的，似乎是一隻大皮靴，如果換了別人，後腦上挨了那樣一擊，一定昏倒過去。但對我來說，那只會令我怒氣上升！

　　我一個轉身，打算立即 **以牙還牙**，可是心念急轉，忽然想到，何不趁機詐作昏倒，以弄清他們的 **底細**？

　　於是，我索性假裝得逼真些，面上露出了一個相當 **誇張古怪** 的痛苦表情，然後身子一軟，便倒在地上。

第六章

？莫名？其妙？
打一架

那個拿靴子打我的「鞋匠」，站起來身材十分高大。

至於另一個「鞋匠」，他正在地上打滾，捧住了肚子呻吟着。他吃了我剛才那一肘，至少要休息七八天才能復原。

站着的「鞋匠」向他喝道：「**飯桶，快起來！**」

那人皺着眉頭，捧着肚子，站了起來，仍是 **呻吟不斷**。

他們一個抱頭，一個抱腳，快速將我抬進後面的屋子去，關上了門。

我一直將眼睛打開一道縫，只見屋子正中，有一個穿著**黑色和服**的老者，面色十分**莊嚴**，坐在正中央，而他的兩旁則站列著四個人，其中一個我認得是跟蹤我的那個人。

連抬我的兩人在內，對方共有七個人，我心裏想，是時候反擊了。就在抬我的兩人，要將我放下來之際，我雙腿突然一屈，捧住我腳的人，隨着我雙腿一屈，**向前仆來**。

我雙腳又立即向前踢出，**重重**地踢在他的面上，他發出了一聲驢鳴似的**慘叫**，跌倒在地上。

我雙腳點地，突然扭轉身子，那個抬住我頭的人，**見勢不妙**，慌忙想後退之際，我早已兜下巴一拳，打了上去。

那人被我打得後退了兩步，倚在牆上，滿口是血，說不出話來。

我拍了拍身上的**灰塵**，整了整衣服，在那老者和四個人的面前，除去了人皮面具，**神氣**地說：「好，我來了，有什麼事**？**」

　　五人之中，只有那老者的面色，還十分鎮定，他「嘿嘿」地乾笑道：「**好漢！好漢！**」

　　他向身邊的四人使了一個 **眼色** 👁，四人便退到屋子的四角去。

　　從那老者坐在地上的姿勢來看，一望便知他是柔道高手。他忽然向我 **疾衝過來**，來勢之快，實在出乎我意料之外，當我覺出 **不妙** 時，他已抓住了我的衣服，我只覺身子向旁一傾，被重重地摔在地上。

　　我立即一躍而起，那老者再以極快的身法，向我衝了過來。我身子閃開，順勢向他的背上按去。怎知老者的身手 **異常矯捷**，我手才按下去，他突然一個翻身，又已抓住了我的腰際，我再次被他重重地摔了一跤。

　　那老者的柔道功夫，顯然是第一流的。我一躍而起，忍不住讚道：「**好功夫！**」

　　那老者**目光灼灼**，又向我撲了過來。但這次我早有準備了，立即也向他疾衝過去。

　　我這突如其來的舉動，使他不禁猶豫了一下。而他一猶豫，便給我製造了一個機會，我身子一側，肩頭向他的胸口撞去。

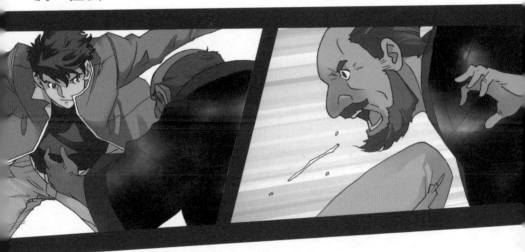

　　他蹲下來避開，雙臂想抱我的左腿，我早已料到他有此一着，右腿**疾踢而出**，踢向他的下巴。

　　只見他身子向後倒去，爬起來之後，**面圓發腫**。

我質問：「你們是什麼人？」

那老者向其他人打了個 **眼色** 👁，他們便跟着老者往後門逃去了。

我連忙追着他們，可是追出後門後，只見他們已躍上了一輛小貨車，疾馳而去。

我 **呆了半晌**，慨嘆那真是太沒道理了，莫名其妙地打了一架，結果卻連對方是什麼來歷也不知道。

這時太陽快下山了，我也沒閒暇去追查他們，我有更重要的事要辦，於是在附近找個食店，吃過晚飯後，便前往**B國大使館**去。

我手裏拿着一個酒瓶，口中不斷含糊地唱着歌，裝出一副醉漢的模樣，**掩人耳目** 👂👁。我在B國大使館附近 **蹓躂** 👣 了近兩個小時，熟習周圍的街道和環境，然後才漸漸地接近大使館的圍牆。

B國大使館的建築十分 宏偉，圍牆也高得很。我打量着那圍牆，要爬上去，也不是難事。我將酒瓶塞在衣袋中，迅速地來到了牆腳下，伸手掏出一團牛筋，向上一扔，牛筋上的鉤子「啪」地一聲，已鉤在牆上了。

我 迅速 地爬上去，不到三分鐘，便已收好了那團牛筋，並且人已在圍牆的裏面了。

我緊貼着圍牆而立，就在這時，有幾個人從屋子門口走了出來，步履匆匆，顯然有着十分重要的事情。

　　那幾個人走下了石階，其中一人以他們國家的語言說：「再去留意通道，即使要從東京的 **下水道** 〰️ 將其運走，也在所不惜，上峰正等着，絕不能遲！」

　　另外幾個人答應一聲，一齊向圍牆的大門走去，只有一個人，仍站在石階上。他的樣子，看來有點熟悉，相信就是 ✦**大使**✦ 了。

　　從他剛才吩咐那幾個人的話聽來，我認為方天確實在他們的手中，而且他們正急於將方天~~帶離~~ ● **東京**！

　　我一動也不動地站着，直到那幾個人走出了鐵門，驅車而去，我才又 拋出了牛筋，爬回到圍牆外面去。

　　我已經想到了辦法，不必偷偷摸摸，大可以光明正大去見大使，不過先要做一個準備。

　　我躲進一條無人的 冷巷，用手機打電話給納爾遜，要求他立刻辦一件事，給他十五分鐘時間辦妥。然後，我又在附近蹓躂了十五分鐘，才大模大樣地走向大使館的正門，**大力**按着門鈴。

　　鐵門的小方洞中，立即露出一個人臉來，用日文大聲怒喝：

「*滾開!*」

　　我微笑道：「我要見大使。」

那人繼續罵：「快滾！」

我冷冷地說：「大使會想見我的，只要你對大使說，**你們做不到的事，我做得到**，這就行了。如果你不去報告，就是你失職。」

那人關上了小鐵門，卻 **不置可否**。我在鐵門外等了幾分鐘，正想再按門鈴的時候，門鈴上方的顯示屏忽然出現了大使的樣貌，以蹩腳的英語問：「你是什麼人❓」

我客氣地以英語回答：「我是一個收錢幫人解決難題的人。」

「可是我們沒有難題要解決。」

我 **氣定神閒** 地說：「如今東京警方總動員，封鎖了一切交通通道。若果有東西要運進或運出東京的話，就是一個難題了。」

大使 **極力** 保持鎮定地說：「外面冷，進來再說吧。」

話音剛落，鐵門便打開了一道縫，我擠身走了進去，馬上有 **四個大漢** 伴着我，帶我到一個房間，大使坐在椅上，冷冷地望着我，而我身後仍有那四個大漢在監視着。

大使望了我半晌，問道：「你幫人解決一個難題，能收多少錢？」

我聳了聳肩，「這視乎 **困難度** 而定。」

大使冷冷地説：「那你有什麼辦法，去解決別人所不能解決的困難？」

我冷笑道：「那就是我賺錢的秘密了！」

大使沉默了一分鐘，突然下令：「搜他的身！」

我立刻抗議道：

「**我抗議！**」

　　沒想到大使還有點幽默感，竟回應說：「**抗議無效！**」

　　我只好威脅道：「除非你們想同歸於盡，否則我勸你們不要亂碰我身上的東西**！**」

第七章

偷運

我那句話果然有用,那四個大漢都卻步,大使對我

說:「那是什麼意思❓」

我回答道:「我是一個**通緝犯**,我身上有些東西,

是你們不會想碰的。你們去查一下便知道,他們稱呼我為

『幽靈』。」

大使❓半信半疑❓,拿起了平板電腦,立刻查看通緝

犯的資料,果然查到一個叫「幽靈」的頭號通緝犯,被指是

專業僱傭兵,曾經為恐怖分子竊取和偷運**生化☠毒劑**、

核輻射物料 等等，還剛剛從北海道竊取了 軍 事 機 密 ，相信逃到了東京。

那當然是我十五分鐘前打電話要求納爾遜偽造的通緝資料，看到大使的眼睛睜得極大，我便知道納爾遜把通緝犯的行徑描繪得**相當誇張**。

可是大使突然皺着眉質疑道：「但這個『幽靈』的照片跟你不一樣啊 ❗ 」

我笑了笑，伸手進口袋裏，四名大漢大驚，連忙拔槍指向我。但我只是掏出一個人皮面具，罩在臉上。

如今我的樣貌和通緝資料上的照片 **一模一樣** 了，我笑道：「你認為我犯案的時候會用 **真面目** 嗎？」

說完，我又把面具除下，回復原來的樣貌。

大使的臉上漸漸泛起了笑容，我知道他已經 **信任** 我的能力了。他問：「你是怎麼突破警方的防線，進入東京的？」

我笑道：「我不是說過嗎？那是我賺錢的秘密 **！**」

大使也 **開門見山** 地問：「如果是很大件的東西，你也有法子在如今的情形下，偷運出東京去？」

我聳了聳肩說：「當然可以，不然我怎麼會來見你？別說體積巨大，就算是一個人──」我講到此處，故意頓了一頓，只見大使和四個大漢的 **面色陡變**，我才接着說下去：「我也可以運得出去。」

大使 **乾笑** 了幾聲，「哈哈，當然不是人，只

是一些東西。」

「什麼東西？」我問。

大使瞪着我：「如果你是專業的話，應該不會問。」

我碰了一個釘子，也不再問下去了。大使向四個大漢中的一人，作了一個 **手勢**，那大漢便推開了一扇門，向外走了出去。

大使轉過頭來，對我說：「這件事，我們可以委託你去辦，不過，你的 **一舉一動**，還是要在我們的人監視下進行，明白嗎？」

如今我已經知道了他們太多秘密，可謂 **騎虎難下**，如果我拒絕，還能走出這座大使館嗎？我只好點頭道：「當然，你可以動員一切力量來監視我。」

「好，你要多少報酬？」大使問。

「那要看你們要運的貨物而定。」

「那是一個木箱，約莫一立方米大小，重約七十公斤。」

聽了大使的描述，我心中暗笑，認為木箱裏不是方天，還會是什麼？

「體積那麼大，我不得不要高一點的價錢。」我故作沉吟，然後張開一隻手掌說：「**五十萬美金**。」

　　大使深吸一口氣，猶豫了好一會，才向其中一名大

漢使了個眼色，那大漢便走了出去。然後大使望着我說：

「**成交！**但如果你敢弄什麼狡獪的話，你該知道，我

們要對付一個人，是再容易不過的。」

　　我聽了他的話，心中不禁感到一股 **寒意**。

　　接着，大使便告訴我任務的詳情：「我們要在東京以

西，兩百三十四公里外的公路交岔點上，收到這個木箱，

屆時，一輛大卡車，和一個穿 **紅羊毛衣** 的司機，將

會在那裏等着。」

「好的，後天早上，你通知司機在那裏等我好了。」我爽快地説。

沒多久，先後離開的兩名大漢，都回來了，一個手中拿着**脹鼓鼓**的**牛皮紙大信封**，大使接了過來，交到我的手上，説：「照規矩，先付你一半**！**」

我打開信封瞧了一瞧，是一大疊大額美鈔。

另一個大漢説：「**跟我來。**」

大使向我解釋道：「他帶你看要運出去的東西，你不必再和我見面了。」

於是我便跟着那個大漢走，在大使館的後門口，廚房的後面，地上放着一個大木箱。

那木箱外表看來十分普通，木質**粗糙**，就像普通貨運的木箱，上面印着的黑漆字，寫着「**易碎**」、「**請輕放**」等字樣。

　　我走向前去，雙臂一伸，向上抱了一抱，的確有七十

公斤左右的分量。

　　那大漢冷冷地望着我，

問道：「你怎麼將箱子運離

這裏？」

我笑着拍了拍他的肩頭說：「你認為我會徒手搬運這麼重的東西嗎？我要打電話給我的 **拍檔**。」

那大漢 **金睛 火眼** 般盯着我，我知道他要監視着我打電話，我便只好在他面前打電話。

我拿出手機，致電給我的好拍檔，**故作興奮** 地說：「我告訴你，大使館的買賣，進行得很順利。」

納爾遜是個 **身經百戰** 的國際警察部門首長，一聽便知我被監聽，便配合道：「是嗎？賺了多少**？**」

「五十萬美金。」

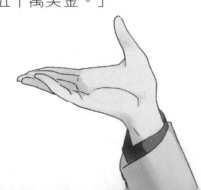

我們 **一唱一和**，演技不遜於任何電影演員。

「現在我要一輛車子，要和吉普警車一樣，另外還需要一個穿警察制服的人，駛到大使館後門來。半小時之內做得到麼？」

納爾遜大聲道：「**沒問題！**」

我掛線後，那大漢連忙用通訊器通知大使館人員，半小時內將會有一輛警車到達。

等了二十分鐘左右，大漢收到門衛的通知，一輛 **警車** 駛到了大使館的後門。

「車子到了。」大漢對我說。

「那麼我把箱子搬上車了。」我走到大木箱前，雙臂一張，便將那大木箱抱了起來。

那大漢面上露出 **駭然** 的神色來。七十公斤的重量，對我來說，實在不算是怎麼一回事，我抱着大木箱，往後門走去。

我抱着大木箱從後門走出，那裏果然停泊着一輛警車，一個穿着日本警察制服的司機連忙下車迎過來。我向那司機一望，幾乎笑了出來，連箱子也差點**抱不穩**。因為那司機正是納爾遜，他經過了化裝，看起來倒十分像**東方人**。

他連忙幫我將木箱放上了警車。那警車是一輛**中型**

吉普 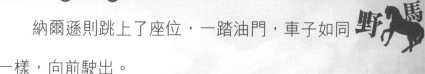 改裝的，足夠放下一個大木箱有餘。

納爾遜則跳上了座位，一踏油門，車子如同 **野馬**

一樣，向前駛出。

納爾遜以極高的速度，和最熟練的駕駛技術，在三分鐘之內，連轉了七八個彎。我向後看去，清晨的街道，十分寂靜，我相信大使館派出的跟蹤者，已被我們 **輕而易舉** 地擺脱了。

納爾遜向我一笑，問道：「到哪裏去 **？**」

我説：「你認為哪裏最適宜打開這個木箱，就到哪裏去。」

納爾遜向那木箱望了一眼，**眉頭一皺**，「你認為木箱裏有人麽？」

我呆了一呆，「你這話是什麼意思 **？**」

納爾遜解釋道：「我認為一個裝人的木箱，總該有洞才是。」

我 **不禁一怔**。

第八章

　　那木箱十分粗糙，和運送普通貨物的木箱，並沒有什麼分別，木板與木板之間，是有着縫的，所以我說：「這些縫難道還不能透氣嗎？」

　　納爾遜一面開車，一面說：「照我剛才的觀察，那木

箱裏，好像還有一層包裝。」

我呆了一呆，自衣袋裏取出 **小刀**，伸手往後，在一道木縫中插了進去。

果然，小刀的刀身只能插進木板的厚度，刀尖便碰到了十分堅硬的東西，而且還 **發出 金屬 撞擊** 的 **聲音**，連試了幾處，皆是如此。

「或許裏面有 **氧 氣 筒** 供呼吸呢？」我始終相信方天是在箱子裏面。

納爾遜把吉普警車開到一所平房門前停下。

納爾遜躍下車，街角已有兩個便衣警員快步迎上來，納爾遜立即吩咐：「**緊急任務**，請你們的局長下令，所有同型的警車立即全部出動，在市中到處不停地行駛，包括這一輛。」

那兩個便衣警員立刻答應道：「是！」

　　納爾遜這樣做，當然是為了擾亂B國大使館的*追蹤者*。我和他一起搬運那個大木箱，走進那所平房去。

　　屋中的陳設，十足是典型的日本人家，一個穿着**和服**的中年婦女，走了出來，以英語問納爾遜：「需要我在這裏嗎？」

納爾遜吩咐道：「你去取一些工具，如老虎鉗、錘子，甚至斧頭，然後，在門口看着，如果有可疑的人來，立即告訴我們。」

那婦人答應了一聲，向那木箱望了幾眼，才走了出去。

她的態度引起了我的疑心，我低聲問納爾遜：「她是什麼人？這裏是什麼地方？」

納爾遜也低聲道：「這是國際警方的一個站，她是國際警方的工作人員，平時以平民的身分居住在這裏，說不定十年不用做一件事，但如今卻有事可做了。」

這時候，那中年婦人已提着一個 **工具箱** 走過來，放在我們的面前，又走了出去。我和納爾遜便開始動手，將那木箱拆開來。

才拆下了兩條木板，我們便看到，在木箱之中，是一個泛着 **銀光** 的金屬箱子。我本來以為那木箱裏，一定藏着被注射了麻醉藥針的方天。然而這時候，我的信念開始 **動搖** 了。

沒多久，木板已被我們拆除，整個金屬箱子暴露在我們面前。整個立方體箱子上，除了幾道 **極細的 縫** 之外，

幾乎什麼縫合的地方也沒有。我舉起了一柄斧頭，向着一

道細縫，用力地砍了下去，只聽到「錚」的一聲，那

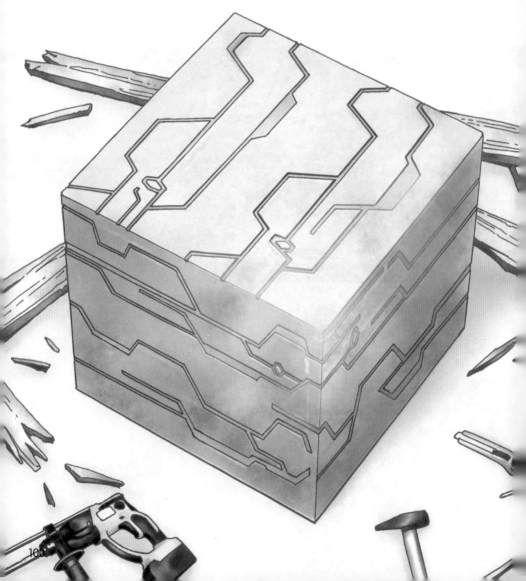

金屬箱子硬得連白痕都不起一道。

納爾遜在工具箱中，拿起了一具 **電鑽** ，接通了電，鑽頭碰到那金屬箱所發出的聲音，令人牙齦發酸，忽然「**啪**」地一聲，鑽頭折斷了。而在箱子的表面上，仍是一點痕迹也沒有！

納爾遜連換了三個鑽頭，三個鑽頭全都斷裂。

他嘆了一口氣，「沒有辦法，只能用最新的高溫 **金屬切割術**，才有可能打開它。」

我苦笑了一下，「焊接這樣的金屬箱子，至少需要 **攝氏六千度**以上的高溫，所以——」

納爾遜接上口說：「所以，箱子裏面，絕對不可能是方天。」

我「**砰**」地一拳，擊在那金屬箱子上，「費了那麼多工夫，從B國大使館騙得這個箱子，卻跟我說方天不在箱子裏 **！**」

「我相信方天還未離開東京，我們總可以找到他的，倒是這個箱子……」納爾遜一面說，一面敲着它，「裏面所裝的，究竟是什麼東西呢❓」

「誰知道？」我聳了聳肩，冷漠地說：「反正與我無關。」

納爾遜**鼓勵**👍我，說：「其實要調查這金屬箱的來歷，也絕對不困難，因為可以焊接這種高硬度輕金屬的工廠，在日本，我看不多於兩三家而已。」

「對不起，我只答應幫你們調查方天。」我反應*冷笑*。

「你不是好奇心很強的嗎？你不想知道箱子裏隱藏着什麼有趣的秘密？」

我笑了笑，說：「我相信沒有什麼事，有趣得過方天了，你可知道方天體內的血液，是藍色的，就像**藍墨水**一樣！」

納爾遜呆了一呆，「你說什麼？你不要發脾氣亂說話啊 **！**」

「我沒有亂說。方天是我大學時的同學，關於他的**怪事**多着了，所以我才有興趣幫你們調查他！」

「那就太好了！」納爾遜很興奮，正想追問關於方天的事。

但這時候，房門突然被人撞開，三個男子手中各持着手槍，**闖了進來**。

我和納爾遜立刻跳到左右兩旁找掩護物。那三個男子二話不說就瘋狂開槍，子彈**呼嘯而出**，射向那金屬箱子，持續近十秒才停下。

但見那箱子近乎絲毫無損，只留下輕微的**子彈白印**而已。

其中一人隨即**哈哈大笑**起來，「哈哈，是這個金屬箱了，帶走！」

隨即又有四個大漢走進來，合力將那箱子托走。

「等等！箱子中是什麼？」納爾遜追上前問。

為首的那個男人又開了一槍示警，喝道：「**不要逼我殺人！**」

納爾遜連忙舉起雙手，不敢亂動。

當四個大漢托着箱子，來到了門口的時候，那持槍的三人便向後退了出去，讓四名大漢把箱子運出**狹窄**的**房門**。

這時正是我們反擊的好機會，我向納爾遜使了個眼色，他便**迅雷**不及掩**耳**地抽出佩槍，連發四槍，各擊中托住箱子那四個大漢的小腿上。

他們小腿一中槍，身子自然站不穩，跪倒地上。

而他們托着的箱子，自然也向前跌了出去。別忘記那

箱子有七十公斤的分量，一向前跌出，立時聽到幾個人的

慘叫聲，顯然是被箱子壓傷了。

我一個**箭步**衝向門口，只見那為首的男子，

正舉步向外逃去。我伸手想將他抓住之際，忽然聽到納爾

遜在我背後大叫：「住手！小心！」

我立即停住，環顧四周，原來屋子之內，已滿是**敵**

人，至少有三十人之多。而且，從兩個窗口之中，各有

一挺手提機槍，伸了進來，一挺指着納爾遜，一挺指着我**！**

第九章

三面受敵

　　我和納爾遜不得不舉手投降，納爾遜說：「好，我們放棄了，我想，槍聲已驚擾了四鄰，你們也該快離開了！」

　　但那為首的男人一臉殺氣，舉槍射向我們！

　　納爾遜大叫：「**伏下！**」

　　我剛來得及伏下，便聽得兩下槍聲。但同時，我還聽到一下「砰」的聲響，不到一秒鐘，整個房間便瀰漫着極濃重的

。

我馬上明白到，是納爾遜投出了煙霧彈。

我連忙在地上打滾，滾到了牆角去，一動也不動，只聽到 **呼喝聲** 和 **槍聲** 四起。

喧鬧聲並沒有持續多久，便聽到一陣腳步聲 **漸漸遠去**，接着，便是幾輛汽車一齊發動的聲音。與此同時，一個女子在叫道：「將我帶走，將我帶走 **！**」

然而，回答她的，卻是一下 **槍響**。

我聽出那女人正是住在這裏，為國際警察辦事的那個日本中年婦女。事情已經很明白，那一幫歹徒，正是她叫來的，**她是內鬼！**

我看到一個身影跌跌撞撞地衝出去，那一定是納爾遜了，我連忙站起身來，走過去將他扶住。

原來他左肩中了一槍，手正按在傷口上，**鮮血** 從指縫中流出來。

「你受傷了，我去通知救傷車。」我說。

納爾遜道：「將我送到醫院後，你自己**小心**些，照我看來，事情比我們想像中複雜得多。」

我點點頭，打電話召救傷車。救傷車很快便到了，但納爾遜不用我跟去醫院，讓我繼續調查海文·方和那金屬箱子。

於是我先回到酒店洗漱一下，使自己清醒和**冷靜**下來。

我剛定下神來，手機便響起，那可能是醫院打來的，我立即接聽。對方的聲音十分低沉，

「\嘿/」地一聲說：「雖然給你走脫了，但是你的來歷，我們已 查 明 了！」

我認出那是B國大使的聲音，吃了一驚，連忙說：「你打錯電話了，先生。」

但大使「哈哈」地笑了起來，他雖然在笑，然而卻可以聽得出，他的心中十分焦慮。他說：「我認為你還是不要再玩花樣比較好，衛斯理先生！」

「時間還沒到，你心急什麼**?**你們若是有本事的話，不妨自己去辦**!**」我罵了一句便掛線，不想與他*糾纏*。

可是我已經失去了那個大箱子，如果不能在約定時間交到指定地點，B國大使館一定不會放過我。他們對付敵人的手法是**非常可怖**的，而且我的身分已被他們識破，我擔心被送到醫院的納爾遜也會有危險，決定先去醫院看看他。

我立即開始化裝，足足化了大半小時。我已經變成一個

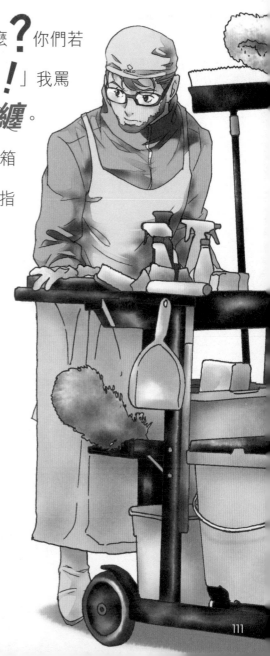

清潔工人了。我將房門打開了一道縫，向外偷看，只見走廊的兩端，都有 **形迹可疑** 的人，顯然是來監視我的。

但我並不在乎，因為我已經喬裝成清潔工。

我將門打開，背退着走了出來，向門內鞠躬說：「浴室的暖水管，不會再出毛病了，先生只管放心使用。」

我對着 空房間 講話，自然是為了使監視我的人，認為衛斯理還在房中，出來的只不過是個清潔維修工人而已。

我的策略頗 **成功**，那些人沒有特別懷疑的眼神。

我話一講完，立刻關上了門，轉過身來，向走廊的一端走去。那時候，剛好有一個監視着我的人，向同伴借打火機去抽煙。

在那人拿出打火機的一瞬間，我不禁 **大吃一驚**，差點露出了馬腳。

因為那打火機刻着一個類似幾瓣花瓣所組成的圓徽，

而我認得出，那是日本一個勢力十分大，非常神秘莫測的

黑社會的標誌！

據我所知，那個黑社會是藉着「月光之神」

的名義組織起來的，所以名叫「月神會」，歷史非常悠

久。由於他們有不少瘋狂的宗教儀式，所以更多人視「月

神會」為**邪教**。

113

我之所以震驚的原因，是因為我絕想不通為什麼「月神會」也派人監視我，我和這個組織一點 **恩怨** 也沒有！

我保持鎮定地步出了酒店，轉了幾條街，換了幾種 **交通工具**，來到納爾遜入住的醫院。

我早已知道納爾遜在日本的化名，所以很快就找到他了。他住在一個 **單人病房**，很舒適，他的氣色看來也十分好，一看到我，第一句就問：「那箱子落到什麼人手中，你有線索嗎 **？**」

「沒有。」我細心檢查周圍有沒有人在偷聽，然後才低聲說：「可是我卻有 **新發現**，監視我的人之中，除了B國大使館的特務，居然還有月神會的人 **！**」

沒想到納爾遜的反應一點也不驚訝，「你不說，我也想告訴你了。本地警局接到報告，在一個早被疑為月神會活動的地方，發生過一場 **打鬥**，而打鬥的另一方，據

他們所形容，我便想到可能是你！」

　　我呆了一呆，不禁「噢」了一聲，那個精於柔道的老者，那兩個假扮鞋匠的大漢，還有其餘幾名打手，原來都是 **月神會** 的人物！

　　這樣說來，月神會盯上我，還在B國大使館之前了。

　　我**呆了半晌**，將那場打鬥的情形，向納爾遜簡略地說了一下，然後慨嘆道：「唉，我本來只答應幫A國調查方天的底細，沒想到卻**莫名其妙**地惹上了三方勢力，包括B國大使館、月神會，還有搶劫箱子的那幫神秘組織！」

　　納爾遜也輕輕地嘆了一口氣，「這並非莫名其妙，我**直覺**覺得，所有事情都與那個方天有關。」

　　我立即**睥睨**着他，「你這麼說，是想拉我下水，讓我一併調查那些不相關的麻煩事嗎？」

納爾遜堆笑道：「不然的話，你還有什麼線索去找方天**？**」

我**一時語塞**。的確，我們已失去所有線索了，如何在一千多萬人口的東京找到方天？況且，萬一方天逃離了東京呢？

納爾遜繼續勸說：「所有事都和方天有關的，你想想，B國大使館曾派人**圖謀**帶走方天；而他們企圖運走的箱子，被一幫神秘組織搶去；

至於你，也是在追查方天的過程中，被月神會盯上的。這幾件事情並不是麻煩，反而是我們尋找方天的線索啊**！**」

他的話也不無道理，我想了想說：「好吧。你說過，在日本，能焊接那金屬箱子的工廠不出兩三間，我可以循這個方向去調查。」

納爾遜高興地接着說：「至於搶劫箱子的那幫組織的 **真正身分**，和月神會的圖謀——」

我不等他說完，便打斷道：「那就交給你們的人去調查了！別全推到我身上，我們 **分頭行動**！」

納爾遜 **苦笑** 了一下，只好說：「好吧。」

第十章

博士女兒的戀人

要調查那個箱子的來歷，並非難事，我在東京認識幾個有名的**私家偵探**，可以委託他們幫忙調查。

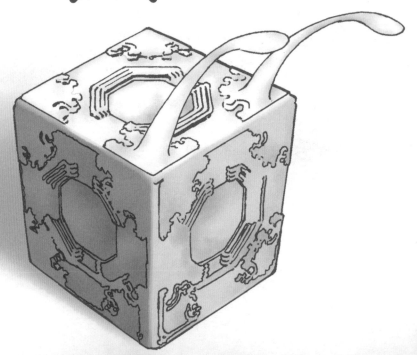

臨離開醫院前，納爾遜向我問起方天的事，因為上次我提及過，方天流着**藍色的血液**。

於是我便向他詳細地講述方天的奇怪血液，以及他似乎有着可以令人產生自殺念頭的可怕**催眠力量**，還有他那個亮光一閃，便幾乎使我不能再做人的**神秘武器**。

他靜靜地聽我講完，皺着眉**思索**道：「藍色血液這件事，和他在A國太空計劃中所做的事，有沒有關係呢**？**他在太空船上偷偷加設了一個**單人艙位**，像是他準備親自坐太空船，飛上太空去一樣。而且，他在太空船上還增添了不少裝置，經調查研究後，證實那些裝置都是有利於太空飛行的。」

這時候，我的手機發出通知**聲響**，我打開一看，原來是佐佐木博士找到了我的社交網絡帳戶，把我加為好友。

納爾遜緊張地問：「怎麼樣？是不是有方天的消息**？**」

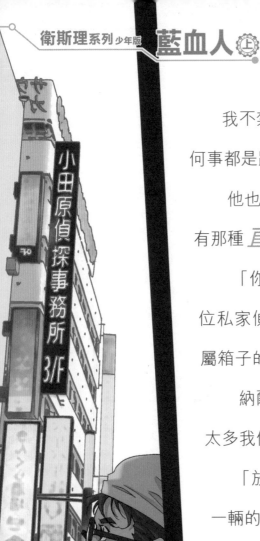

　　我不禁**嘲笑**道：「對你來説，任何事都是跟方天有關的。」

　　他也尷尬地笑了笑，「對，我總是有那種 *直*覺。」

　　「你好好休息吧，我現在去找一位私家偵探朋友，讓他幫忙調查那金屬箱子的來歷。」

　　納爾遜 **提醒** 道：「不要透露太多我們的行動啊。」

　　「放心吧。」我走出醫院，截了一輛的士，來到一幢新造的大廈，找到了「小田原 偵 探 事務所」的招牌。

　　小田原是一名私家偵探，幾年前，我和他在東京相識，我們曾經合作偵查過一件和「**商業戰爭**」有關的案子，以後便沒有見過了。如今他的偵探事務所，已搬到先進的大廈來，可見他混得**不錯**。

　　我直上他的事務所，推開了門，有兩三個女秘書在工作，我為了保密身分，並沒有說出我的真名，而我穿的又是*清潔工人*的服裝，女秘書們連正眼也不向我看一下。

　　我足足等了半個小時，才聽到一個女秘書*懶洋洋*地說：「小田原先生請你進去。」

我走進小田原寬大的辦公室，咳嗽了一聲，講了一句只有我和他才知道的暗語。他立即抬起頭來望着我，面上的神情，剎那間由冷漠變得熱情，向我衝過來，緊緊地握着我的手，「是你啊！」

我打量一下四周，笑道：「你的事務所這麼漂亮，將會使你失去無數有趣的案子。 我相信你最近的業務，一

定是忙於替闊太太跟蹤她們的丈夫，是不是？」

小田原苦笑了一下，**顯然**已被我說中了。

坐下來後，我馬上轉入正題：「我想拜託你查一件事。」

「**別客氣**，請說。」小田原十分熱情。

於是我便向他查問，日本有哪幾家工廠，能夠進行最新的**超硬 金屬**高溫焊接。

小田原立刻吩咐資料室的人員去查，不到十分鐘，回答便來了。納爾遜的估計沒有錯，全日本只有兩家這樣的工廠。一家是製造**精密儀器**的，另一家則以製造**大型機械**而馳名世界。

偵探社人員又花了三十分鐘的時間，和這兩家工廠通電話，得知那家精密儀器製造廠，曾在十天之前，接到過一件特別的工作，便是焊接一個**堅硬**的**金屬箱子**。

而委託他們做這件事的人，正是日本的 $超級$富豪$

——井上次雄。

　　據那家工廠説，他們本來是不接受這樣的工作的，但委託者是井上次雄，自然又當別論了。

　　當問及那堅硬的金屬箱子裏，是什麼東西的時候，工廠方面的人說那是業務上的秘密，**不能 透露**。他們只是自豪地說，那種金屬是一種合金，其中包含了**極稀有**的金屬，要在攝氏八千四百度才能**熔化**，它的硬度是鑽石硬度的**七倍**，世界上沒有幾個地方可以用高溫切割開那個箱子。

　　我對調查結果**十分滿意👍**，但這時候，我的手機不斷收到信息，好像有什麼**急事**似的，我尷尬地對小田原說：「不好意思，我不想打擾你工作，可以借個地方讓我回覆一下信息嗎？」

　　「當然可以。」小田原指向辦公室角落裏的一道門說：「那裏有個小寢室連浴室，請你隨便用，在裏面睡一覺也可以。」

　　「謝謝你。」我站起來**彎身道謝**，然後便走進那個小寢室。

寢室內的空間雖然不大，但設備齊全，有沙發床、衣櫃、浴室和洗手間。

我坐在沙發上，開始閱讀手機裏那一大堆的信息，幾乎全都是佐佐木博士發來的，我 **大感奇怪**，便逐一細看。

一開始的信息只是打招呼的 客套話 ：「衛斯理，最近好嗎？身體的傷沒大礙了吧？一點疤痕也沒有，真是太神奇了。」

然後他開始進入正題：「你還在東京嗎？有空的話，今天可否來我家一聚？」

接着他傳來了他的 地址 ，又一連發了幾個信息教我如何前往他的家，甚至問我在哪裏，他可以開車來接我。

我感到十分奇怪，佐佐木博士因何事急得如 熱鍋上的螞蟻 ，極力邀請我去他的家裏？也許他是個棋癡，棋癮大發要找人對弈，可是我的棋藝根本不是他的對手，為何偏要找我呢？

況且，我現在已經夠 煩惱 了，方天的行蹤、B國大使館的壓力、偷走箱子的不明組織，還有無故盯上我的月神會，這一切都等着我去處理。

於是，我便發信息稱有事忙，未能抽空和他下棋，望他原諒。

怎料他馬上又回信息給我，説他不是找我下棋，而是想談談他**女兒**的問題。

「是什麼問題**？**」我問。

他的回覆是：「我女兒交男朋友的問題。」

我登時**哭笑不得**，我什麼時候成為戀愛顧問了？還是佐佐木博士在暗示，想把女兒介紹給我？

我又發了一則信息，説自己這幾天都有事，未能應約。

我拒絕得頗為明白了,他客氣地應了一句「**沒關係**」,便不再發信息來。

可是我忍不住好奇心,點入了佐佐木博士的 **社交網頁**,再找到了他女兒的社交網頁。

我點進去一看,發現他的女兒原來在A國太空總署工作,當我看到其中一張照片時,**我整個人都驚呆住了!**

因為我看到她和一個男人 **親暱** 地合照，兩人顯然是情侶關係，而那個男的，正是方天！

我定神想了一想，然後立刻跑進那個小浴室，快速卸除身上清潔工的裝扮，換回正常的衣服，回復我原來的樣貌。

我 **急沖沖** 地走出小寢室，小田原看到我又回復了原貌，有點 **愕然**。未等他開口，我已經着急地問：「我需要一些 **偵探工具**，你可以借我一用嗎？」

「可以，你需要什麼？」

「偷聽器、無線電通訊器、隱藏式耳機……」

我一邊說，小田原一邊從抽屜、櫃子等地方為我準備。

「謝謝！」我從他手中接過了那些 **工具**。

小田原興奮地
說：「你是不是趕着
去調查有趣的案子？帶
上我吧！我可以幫忙！」

但我狠心地拒絕了他：
「對不起，你不是 **戀愛**

顧問！」

小田原聽得 **一頭霧**

水，感到莫名其妙。

我笑了笑，向他揚揚手道

別，便走出了他的辦公室。那幾名

女秘書 **驚訝** 地望着我，弄不清為

什麼進去的是清潔工，走出來的卻是一

個 ✦**大帥哥**✦。

當然，她們沒有説出來，「✦**大帥哥**✦」

這幾個字是我猜想的。

我離開了那幢大廈，截了一輛 **的士**，

司機問我要去哪裏的時候，我讀出了佐佐木

博士發給我的那個地址。

　　沒錯，現在我又多一個問題要解決了，那就是佐佐木博士女兒的**感情問題**。而納爾遜說得沒錯，一切問題，都與方天有關！（待續）

案件調查輔助檔案

節外生枝

我一心來度假，不想**節外生枝**，所以沒有將真姓名告訴她，只隨口説：「我叫籐三郎。」

意思：枝節上又生出分枝，比喻在原有問題之外又岔出了新問題。

睥睨

芳子講到這裏，老醫生便盯着我手上的紫水晶戒指，然後**睥睨**着我，「哼」了一聲罵道：「小伙子，欺騙了人家感情麼？」

意思：斜着眼看，側目而視，有厭惡或高傲之意。

杞人憂天

我真希望草田芳子今天見到的那個人並非方天，希望她不會有我和林偉那樣的異常反應；但願我所擔心的一切，全是**杞人憂天**。

意思：比喻不必要的或缺乏根據的憂慮和擔心。

窺伺

路上靜到了極點，雪仍未止，我忽然感到一股莫名其妙的驚懼，就像暗地裏有着許多頭餓狼，在**窺伺**着我一樣！

意思：暗中觀望，等待時機。